Étoile,
un renard argenté parmi les hommes

Gilles Sureau

Étoile

un renard argenté parmi les hommes

Illustrations de Jean-Louis Henriot

Neuf en poche
l'école des loisirs
11, rue de Sèvres, Paris 6e

A ma fille Angélique;
et à M. et Mme Lally,
chez qui j'ai trouvé le temps
et le calme nécessaires pour écrire
ce petit livre.
G.S.

Loi n° 49.956 du 16.07.1949 sur les publications destinées à la jeunesse: mars 1988
Dépôt légal: mars 1988
Imprimé en France par Mame à Tours

Voici l'histoire d'Étoile, le renard argenté qui vécut parmi les hommes. Il fut pour ma femme Anne, ma fille Adeline et moi-même le plus merveilleux ami du monde.

Étoile n'est plus parmi nous. Il a retrouvé une vie libre et sauvage. Parfois la nuit, lorsque tout repose dans la maison, je me lève et vais ouvrir ma fenêtre. Je contemple la montagne endormie.

Je songe à Étoile, chassant peut-être dans les alpages parfumés, alors que je suis debout à la fenêtre.

Petit ami lecteur, si aujourd'hui le temps te semble trop long, laisse-moi te conter l'aventure d'Étoile.

Chapitre premier

Mon nom est Pierre Boucher, et je suis bûcheron. Le petit village où j'habite se nomme Marcelant. Il se situe en lisière de la forêt d'Aubreuil, quelque part en Savoie, à 1100 mètres d'altitude. Ma femme Anne est une personne gentille, pas très grande, avec de longs cheveux brun clair qui entourent son doux visage, et un regard malicieux. Notre fille Adeline, une petite espiègle de huit ans, ressemble beaucoup à sa maman. Son rire clair comme un torrent et ses farces me donnent souvent l'occasion de faire les gros yeux. Mais elle est aussi très serviable et assez attentive à l'école.

Anne travaille à la scierie d'Aubreuil comme secrétaire, et le matin, en allant au travail, elle dépose notre fille à l'école.

Quant à moi, tous les matins, je pars tôt en forêt. J'éprouve toujours un grand bonheur en sortant de la maison. La forêt majestueuse recouvre la montagne. Elle est si belle cette forêt, verte du printemps à l'été, d'un jaune orangé avec des taches rouges à l'automne, comme si des millions de fées danseuses s'y trouvaient réunies, et en hiver d'un blanc si pur qu'il vous fait cligner des yeux.

Pour me rendre sur les lieux de mon travail, j'ai une ancienne Jeep de l'armée. Elle est vieille, mais passe en bien des endroits où ne le pourraient les voitures modernes. Je range à l'intérieur mes deux tronçonneuses, ma hache et les divers outils qui me servent à l'abattage.

Lorsque je pénètre en forêt, le bruit du moteur fait fuir les animaux dont elle est peuplée. Arrivé sur la coupe (c'est ainsi que l'on appelle l'endroit où se fait l'abattage), le moteur éteint, le calme revenu,

il n'est pas rare que je puisse observer ces animaux. Un vieux cerf aux bois hauts et fournis broute tranquillement. Une biche passe, accompagnée de ses faons. Un sanglier, que je ne vois pas, grogne. Un écureuil mange un gland qu'il tient entre ses pattes, mais bien vite il remonte dans son arbre au moindre bruit. Tiens, un choucas vient de se percher au-dessus de moi. Il crie et ne semble pas être dérangé par ma présence. Là-bas, mais oui, c'est Maître Renard, qui glisse entre les arbres en regardant autour de lui. Voilà un bien méfiant compère!

*
* *

Je fis la connaissance d'Étoile, le renard argenté, le 14 novembre. La première neige avait fait son apparition la veille au soir, et était tombée durant la nuit entière. Ce matin-là, quand je partis en forêt, il ne neigeait plus mais le givre pesait sur les branches. Il gelait fort, et les chemins de la montagne étaient devenus glissants. Quand j'arrivai à la coupe, j'avais les mains gelées d'avoir tenu le volant, malgré mes gros gants. Avant de commencer à travailler, je ramassai de petites branches coupées sur les arbres abattus de la veille, et j'allumai un feu. Après quoi, je sortis mon matériel de la Jeep, le vérifiai, et me mis à la tâche.

J'abattis un chêne de près de 80 ans. Le géant tomba dans un grand fracas de branches cassées, faisant voler la neige autour de lui. Comme à l'accoutumée, je sentis une émotion m'envahir. Je poursuivis mon travail. Quand arriva midi, je mis dans la braise des pommes de terre dont je m'étais muni. Je dévorai de bon cœur les provisions que m'avait préparées Anne, et terminai mon déjeuner par une énorme part de tarte aux airelles.

Comme je faisais chauffer mon café, il me sembla entendre de légers cris qui disparurent bientôt. Je terminai mon café qui me fit du bien, car il faisait encore froid malgré le soleil. Je me remis au travail. Vers quatre heures, ayant fini de couper un sapin, j'éteignis le moteur de la tronçonneuse. J'entendis alors les mêmes petits cris, des cris que je ne connaissais pas.

Je partis en exploration dans la clairière en regardant bien partout, mais je ne vis rien. En revenant sur mes pas, mon regard fut attiré par une tache mouvante sur la neige. Je m'approche. C'est une petite boule poilue couleur de vieil argent, et de la grosseur d'un chat. Mais… c'est un renardeau argenté! Je me baisse et le ramasse.

Il essaie bien de fuir, mais il n'en a plus la force et ses pattes sont trop gelées pour le porter. Il tremble de froid… et de peur, certainement.

Je le place à l'intérieur de ma canadienne, installe pour lui des chiffons près du feu.

Il est très beau, ce petit renard! Ses yeux brillants me regardent et m'attendrissent. Ils donnent l'impression de demander pitié. Qui pourrait donc te faire du mal, pauvre petit innocent ? Je n'ai rien à lui donner à manger, mais du moins va-t-il pouvoir se réchauffer. Il ferme les yeux, au bord du sommeil. Je lui donne environ un mois. Comment s'est-il retrouvé seul ? Sa mère a-t-elle fui un danger ? Dans ce cas, le renardeau aurait dû se trouver dans la tanière. Voilà un grand mystère !

Je reprends ma tâche, en l'observant de temps à autre. Il s'est blotti sur les chiffons et ne bouge plus. Dort-il ?

A cinq heures un quart, il commence à faire sombre. Je range mon matériel. J'enveloppe le petit être dans les chiffons et le place sur le siège du passager.

J'allume les phares de la Jeep car la nuit tombe maintenant très vite.

Il faut que j'emprunte le chemin des Contrebandiers pendant trois kilomètres, puis que je tourne à gauche pour le chemin de la Cascade, et encore à gauche pour rejoindre la sente aux Ânes qui me conduira au village.

Tout en roulant, je pense à la joie de ma femme et d'Adeline lorsque je leur présenterai le renardeau...

Celui-ci vient de bouger, et observe avec inquiétude les lumières du tableau de bord.

Je suis tellement distrait que, parvenu au pont de pierre qui enjambe l'Avron, un torrentelet de mon-

tagne où abondent les truites, je freine brutalement et dérape sur la neige.

Hum! Me voilà presque aussi perdu que mon bébé renard!

Chapitre 2

En entrant dans Marcelant, mes phares éclairent Étienne Bigeot et sa femme qui le pousse dans son fauteuil d'infirme jusqu'au seuil de leur coquette maison. Je klaxonne et ils me répondent par de larges gestes de la main.

Étienne m'a paru bien élégant. Ils vont certainement souper chez Mathilde, leur fille, qui demeure à l'autre extrémité du village.

C'était un solide gaillard, Étienne, autrefois. Son visage cramoisi et sa bonne humeur étaient légendaires. On le disait le meilleur bûcheron de cette partie de la montagne, ce qui était vrai, je crois. C'est lui qui m'a appris le métier, et qui m'a fait découvrir tous les secrets de nos forêts et de nos monts.

Hélas, une grosse branche de sapin lui a un jour brisé la colonne vertébrale, alors qu'il se trouvait en chantier. La forêt se venge quelquefois, sans que l'on sache trop pourquoi, sur ceux qui l'aiment. C'est bien injuste.

Lorsqu'il a su qu'il ne pourrait plus jamais marcher, Étienne a failli en mourir de désespoir. C'était dur, pour lui, de dire adieu à ses chères montagnes! Depuis, il est souvent de mauvaise humeur et passe des journées entières devant sa porte, à sculpter des morceaux de bois ou à dessiner.

Il apprécie mes visites, aime discuter et boire un verre avec moi. Il gâte toujours Adeline quand elle m'accompagne. Il persiste à m'appeler «gamin», et moi,... cela ne me déplaît pas!

Je tourne à droite au coin de la mairie, et voici notre foyer! C'est un vieux chalet que nous avons restauré, situé un peu en retrait des autres sur une pente raide.

Il fait bon vivre dedans! J'entre dans la cour, et gare la Jeep sous le petit hangar qui abrite aussi le bois pour la cheminée.

Derrière les rideaux roses de la fenêtre dansent de rassurantes lueurs bleues, jaunes et rouges.

Adeline m'attend sur le seuil.

«Bonsoir, papa! Ah non! Tu n'as pas le droit d'entrer dans la maison avec ta vieille veste!...»

«Comment? En es-tu sûre, ma chérie? Je ne m'en souvenais pas.»

«Non! Même avec un sourire, tu n'as pas le droit», insiste-t-elle, en me barrant l'entrée de ses deux bras.

Elle s'interrompt soudain, et regarde fixement ma veste.

«Mais... tu caches quelque chose dedans!»

«Moi, je cache quelque chose? Quelle idée!»

«Oh, papa! Je t'en prie!»

«Eh bien, oui, là, j'ai un cadeau pour ta maman et toi.»

«Qu'est-ce que c'est?»

«Tu es bien curieuse, tout à coup. Va chercher ta mère.»

«Ça bouge, papa! Dis-moi ce que c'est.»

«Il n'en est pas question», dis-je. «Où est maman?»

«Fais-moi voir avant, mon petit papa chéri.»

«Diable! Me voilà joliment baptisé. Reviens avec maman, et tu sauras tout.»

«D'accord!»

Tandis qu'Adeline grimpe quatre à quatre les marches de l'escalier, je déplie la vieille veste sur la table.

Le renardeau est toujours apeuré et la lumière le paralyse d'effroi, cette lumière si différente de celle qui, chaque matin, chasse les ténèbres de la montagne. L'ampoule électrique doit être pour lui un inquiétant petit soleil qu'il ne connaît pas.

Des pas dévalant l'escalier, accompagnés de rires, m'annoncent la venue d'Anne et d'Adeline. Elles arrivent ensemble à la porte de la cuisine, et s'y arrêtent, stupéfaites.

«Oh! qu'il est mignon, papa! On dirait une peluche!...»

«Je l'ai trouvé cette après-midi, Adeline, à demi mort de froid.»

«Bonsoir, chéri», dit Anne. Elle me tend une joue semblable à une pomme d'api. «Où as-tu trouvé ce petit animal?»

Je leur conte à toutes deux comment le renardeau est entré dans mon existence, ajoutant que le fait de l'avoir trouvé abandonné en pleine forêt me semble très étrange.

«Papa, est-ce que je peux le prendre dans mes bras ?» demande Adeline tout en caressant le petit renard.

«Bien sûr, ma chérie. Mais mieux vaudrait avant lui donner à manger. Il doit avoir très faim. Faites-lui chauffer du lait en y ajoutant de l'eau. Quant à moi...»

Je souris et n'en dis pas plus. Je me rends au grenier et, après avoir ouvert bien des malles, je finis par retrouver le biberon d'Adeline lorsqu'elle n'était qu'une demoiselle de quelques mois. Voilà qui fera notre affaire.

Anne rince le biberon et l'emplit de lait chaud. Le renard est sur les genoux d'Adeline, car notre princesse est bien décidée à être la seule à le faire boire !

«Tiens, petit renard, bois...»

La voix de notre fille n'a aucun succès. Le renardeau refuse obstinément d'ouvrir la gueule. Je la lui ouvre avec les doigts et y glisse la tétine, mais il détourne vivement la tête.

«Peut-être est-ce trop chaud», suggère Anne. «Je vais le refroidir sous le robinet.»

A la seconde tentative, bébé renard ne proteste plus. Il tète un peu, nous observe un court instant, et se consacre enfin goulûment à son dîner.

Il boit la moitié du biberon, et semble ne plus avoir faim. Nous n'insistons pas.

«Dis-moi, Adeline», dis-je, «il faut lui trouver un nom, à ce petit orphelin. Y as-tu songé?»

«J'ai trouvé, papa. Appelons-le Boby.»

«Boby? Oh non, voyons, c'est un nom de chien», fait remarquer Anne.

«Sapajou, alors?»

J'éclate de rire.

«C'est un renard que je ramène, Adeline, ce n'est pas un singe!»

«Il y a sûrement beaucoup mieux à trouver», dit Anne, qui se prend au jeu. «Que dirais-tu de Vagabond, ma chérie?»

«Ah non, par exemple! Maintenant, il a une famille!»

«Alors, Éclair?...»

« Hmmmm !... »

« Prince ? »

« Qu'ils sont laids, tes noms, maman ! »

« Oh ! oh ! par exemple, c'est trop fort », dit Anne, qui fait mine d'être très vexée.

« Ne vous fâchez pas, toutes les deux », dis-je.

« Ça y est ! » rit Adeline, et elle bat des mains. « Appelons-le Étoile. Regardez : son joli pelage brille comme de l'argent, comme une petite étoile. »

« Bravo ! ma chérie », dis-je. « C'est toi qui as imaginé le plus beau nom possible pour ton nouvel ami. D'accord pour Étoile... Étoile, le Renard Argenté. »

Chapitre 3

Anne a préparé à Étoile un petit coin dans le garage, près de la chaufferie. Je vais faire une toilette rapide. Ce soir, nous nous rendons souper à la Taillanderie, la fermette qu'habitent mes parents. C'est un grand jour pour mon père. Il fête sa dernière journée de travail et sa première soirée de retraité.

Depuis plus de trente ans, il travaille à la scierie d'Aubreuil comme conducteur de poids lourd. Son camion va terriblement lui manquer!

Après ma toilette, je redescends à la chaufferie pour voir Étoile. Sa caisse est vide. Je retrouve Anne et Adeline dans le salon.

«Anne», dis-je, «tu as bien mis Étoile dans la chaufferie?»

«Oui.»

«Eh bien, il n'y est pas.»

«Mais si, papa, j'ai même aidé maman à le...»

«A voir vos sourires à toutes deux», tranchai-je, «j'ai l'impression que vous êtes en train de vous moquer de moi!»

« Nous avons bien mis Étoile dans le garage, mon chéri, mais pas dans sa caisse. »

« Oh non ! Pas dans... »

« Si. Dans la voiture. »

« Je ne veux pas ! » criai-je. « Entendez-vous ?... »

*
* *

Finalement, j'ai dit oui, bien sûr, pour ma fille. Les papas sont tous comme ça.

Quatre kilomètres nous séparent de la Taillanderie, mais sur les routes enneigées de montagne, les petites distances ne sont pas toujours les plus faciles à parcourir.

Étoile somnole dans les bras d'Adeline, qui le caresse. Nous arrivons bons derniers. Mon frère Jean et sa femme ont dû survenir cette après-midi de Paris. Ma sœur, son mari et leurs deux filles, Laure et Isabelle, nous ont devancés de peu.

Adeline et son protégé à quatre pattes sont les premiers à descendre de voiture. J'aperçois mon père et mon beau-frère Yves dans le fournil, et vais les rejoindre.

« Bonsoir, papa », dis-je simplement. « Tous mes vœux de bonheur pour ta retraite, tu la mérites bien. »

«Merci, mon garçon», répond mon père avec insouciance; mais je vois bien que l'émotion, ce soir, lui donne envie de pleurer. Alors, pour cacher ses larmes de joie, papa nous serre tous deux dans ses bras sans rien dire.

«Rentrons à la maison, sinon les femmes vont nous rappeler à l'ordre.»

«Que faisiez-vous donc?» demande gaiement ma mère, qui m'embrasse avec fougue. «Henri, regarde ce qu'apporte notre petite Adeline.»

«Il s'appelle Étoile», explique Adeline. «C'est papa qui l'a trouvé cette après-midi.»

« Vraiment ? »

Mon père me jette un bref coup d'œil, et caresse Étoile d'un index rassurant.

« Voilà un joli petit compagnon pour toi, Adeline. »

Mon frère Jean me prend à part, et me donne une tape amicale sur l'épaule.

« Tout à l'heure, au dessert, je vais vous annoncer une bonne nouvelle. Je crois qu'elle te fera plaisir... »

« A table ! A table, tout le monde ! »

A l'apéritif, nous levons tous nos verres. M. Juret, le patron de la scierie, qui est de la fête, fait un discours très touchant. Puis, sous les applaudissements, il remet à mon père la médaille du Travail. Papa ne peut plus résister et pleure doucement.

Des protestations éclatent. Ce soir, la tristesse n'est pas des invités !

Le repas est très joyeux, et tous lui font honneur. Mon père et M. Juret chantent chacun plusieurs chansons, reprises en chœur par tous. Lorsque le champagne pétille dans les coupes, mon frère réclame le silence.

« Voilà », dit-il, « je profite de cette heureuse occasion pour vous annoncer que mon engagement dans les pompiers de Paris se termine au mois de juin, et que j'ai décidé de ne pas le renouveler. Je reviens au pays. Pour le travail, je crois que mon frère Pierre a besoin de quelqu'un. Alors, s'il veut bien de moi... »

Ma mère devient toute pâle, puis toute rose, et toute pâle encore. Elle se lève et embrasse Jean et sa femme Odile. L'émotion et la joie lui serrent la gorge, sans qu'elle puisse prononcer un mot.

« Ne pleure pas », s'écrie mon père, « il suffit bien de moi ! »

A vrai dire, ma mère n'espérait plus que Jean revienne dans la région. Il y avait déjà dix ans qu'il en était parti, s'étant engagé dans les pompiers à l'âge de dix-sept ans.

Tout le monde saute au cou de Jean. Moi aussi, je suis heureux qu'il revienne à Marcelant. C'est si important, pour des gens de la montagne, d'avoir sa famille près de soi !

Adeline me tire par mon pantalon.

« Et Étoile, alors ? Est-ce qu'il n'a pas le droit de rire comme les autres ? »

« Tu as raison, grande fille. Allons voir s'il se porte bien... »

Chapitre 4

Étoile est dans la cuisine, installé sur des chiffons près du radiateur. Il ne dort pas vraiment et, de temps à autre, ouvre les yeux et regarde les allées et venues des épouses qui débarrassent la table.

Lorsque Adeline s'agenouille près de lui, il se serre contre elle. Je le caresse un peu et le laisse aux soins de notre fille. Sa confiance commence à naître envers sa petite maîtresse, à présent.

Je rejoins les invités. Les tables sont repoussées, place à la danse! A une heure bien avancée dans la nuit, nous nous séparons enfin pour rentrer chacun chez soi.

Adeline, qui dort depuis longtemps, reste chez mes parents.

Nous emmitouflons Étoile dans une vieille couverture et repartons, après nous être donné rendez-vous pour le lendemain.

Arrivés à la maison, je dépose Étoile sur ses chiffons, près de la chaudière.

Je m'éveille le matin suivant, à dix heures trente. Anne est déjà éveillée mais elle n'a pas fait de bruit, afin que je puisse me reposer. Je la force à rester au lit et vais préparer le petit déjeuner. Je rajoute un peu plus de lait que d'ordinaire dans la casserole, car il ne faut pas oublier Étoile. A propos, comment ce gredin se porte-t-il ?

Une nouvelle fois, la caisse est vide. Par exemple ! Tiens ! le voilà, le petit coureur de bois. Il se glisse sous la voiture en me voyant.

Quel combat pour le rattraper ! Ouf ! ouf ! enfin, je le tiens, mais il se débat. Mes caresses le calment. Je devine qu'il voulait surtout jouer. Je retourne avec Étoile dans la cuisine. Malheur ! le lait déborde. A moi le nettoyage !

Finalement, nos trois petits déjeuners sont prêts. Je les pose sur un plateau et retourne dans la chambre. Étoile sous un bras, le plateau sur l'autre, je ne me sens guère à mon aise !

Nous prîmes notre petit déjeuner tranquillement. Ce matin-là, nous étions seuls et, comme on dit, « en amoureux ». Nous étions heureux, cependant notre Adeline nous manquait...

Étoile était couché sur le lit entre nous deux. C'était maintenant à lui de prendre son petit déjeuner.

Anne le saisit pour le faire boire, mais le biberon

n'est plus assez chaud, et je retourne dans la cuisine le faire chauffer. Après avoir bu, Étoile joue avec les cheveux d'Anne.

Surpris par l'heure, nous nous apprêtons en hâte et nous partons pour la Taillanderie. Étoile s'habitue à la voiture et commence à se promener dedans.

Aujourd'hui, le ciel est transparent comme du cristal, et la neige dorée par un timide soleil.

A peine sommes-nous arrivés dans la cour de la fermette qu'Adeline se précipite au-devant de nous.

«Bonjour, papa, bonjour, maman, avez-vous amené Étoile ?»

«Zut !» dis-je, en portant ma main à ma bouche. «Nous l'avons complètement oublié !...»

Mais Adeline a vu mes yeux se remplir de rire et elle ne me croit pas un instant.

«Vilain papa !»

Celui qui voudrait, maintenant, séparer Adeline de son renardeau s'en repentirait.

Chapitre 5

L'hiver est bien long pour moi, car je ne peux aller en forêt. Pourtant, le travail ne manque pas. Je scie du bois pour les habitants du village, et aide le menuisier.

Étoile est bien habitué à nous, maintenant. Il grossit de jour en jour, boit moins de lait et mange un peu de pâtée qu'Anne lui prépare.

Demain est le plus beau jour de l'année : Noël. Ce soir, nous réveillonnons chez mes beaux-parents, et Adeline attend avec impatience l'instant d'ouvrir ses cadeaux.

En route pour Aubreuil ! Tous les membres de la famille y arrivent peu à peu.

« Nous avons encore le temps avant la messe », déclare mon beau-père. « Venez donc voir le poulain né la nuit dernière. »

Nous nous rendons à l'écurie. Étoile est dans les bras d'Adeline. En apercevant la jument et son petit, il redresse son poil et montre ses dents d'un air menaçant.

Il saute des bras d'Adeline et s'approche en grondant de la jument. Celle-ci l'observe, étonnée.

« Quel est ce petit animal ? Ce n'est même pas un chien », semble-t-elle dire.

Elle lève une jambe arrière, prête à parer d'une ruade cette attaque. Ce seul geste fait fuir Étoile, qui se replie vers le coffre à avoine et, se souciant peu de sa hauteur, y saute. Quelques secondes plus tard, la frimousse d'Étoile reparaît, encore apeurée.

Tout le monde rit beaucoup de le voir tour à tour si brave et si poltron !

L'heure de se rendre à l'église arrive, et nous cheminons par le petit sentier qui débouche sur la place de l'église. L'intérieur de l'église est illuminé par de nombreux cierges, et on y respire une agréable odeur de bois ciré et de suif. Monsieur le Curé s'entretient un peu avec ses paroissiens, et sourit de

voir les parents s'émerveiller devant la crèche splendide qu'ont réalisée les enfants.

La jeunesse trouve la messe bien longue, les aînés... eux aussi ! Monsieur le Curé le sait bien, et on le voit de temps à autre rire discrètement de malice.

A la fin de la cérémonie, tout le monde est de joyeuse humeur. Nous retrouvons à la maison mon père et mon beau-père qui se sont sérieusement occupés des préparatifs de réveillon.

Voici la distribution tant attendue des cadeaux !

Les petites filles se précipitent sur les merveilles enveloppées de papier de soie cramoisi.

Isabelle, la plus jeune de mes nièces, insiste auprès de mon père pour savoir s'il a bien remis au Père Noël la lettre qu'elle a écrite pour lui. Papa la rassure.

Chacun a son cadeau. Anne reçoit deux splendides vases en porcelaine. A ma grande joie, le Père Noël, qui s'est souvenu de ma passion pour le bricolage, m'a réservé un très beau lot d'outils !

Adeline est en extase devant une poupée magique qui parle et marche.

Et Étoile ? Lui non plus n'a pas été oublié. Je pose entre ses pattes un petit os de caoutchouc qui fait couic quand on appuie dessus.

Étoile s'approche de lui, et le mord rapidement.

Couic! Quelle surprise! Notre renardeau bondit en arrière en dressant bien droit ses oreilles soyeuses. Qu'est-ce que cela peut bien être? En tout cas, cela n'a pas l'air d'être aussi méchant que la grosse bête de l'écurie! Nouvelle attaque. Couic! couic! fait l'os, couic! couic! et encore couic!

Bientôt Étoile se rassure et joue avec.

La soirée passe trop vite, et nous rentrons.

Durant les fêtes de fin d'année, je ne travaille pas, Anne et Adeline sont, elles aussi, en vacances. Nous passons la majeure partie de nos journées à skier, faire de la luge et des batailles de boules de neige.

Étoile a inventé un nouveau jeu. Il court après nous dans la neige, glisse à une vitesse folle sur la glace jusqu'à nos mollets, qu'il mordille en grognant de plaisir. Il se couche ensuite sur le dos et attend nos caresses.

Pour lui aussi, les vacances sont réussies!

Chapitre 6

En ce début d'année, il est temps pour Étoile d'être vacciné. Nous l'emmenons à Aubreuil chez le docteur Brun. Étoile est très nerveux. Les odeurs d animaux qui flottent dans la salle d'attente l'inquiètent plus que tout.

Le docteur Brun nous reçoit. C'est un vieux monsieur au sourire très doux. Il ouvre de grands yeux en voyant Étoile.

« Par exemple, un renard argenté ! Je n'en soigne pas souvent, vous savez. C'est donc ce petit Étoile dont j'entends depuis longtemps parler. Si j'en avais eu le loisir, je serais déjà passé chez vous le voir. Eh bien, allons-y. »

Le vétérinaire emplit une seringue hypodermique.

« Pierre, monte-le sur la table, et tiens-le bien pendant que je le piquerai. »

Étoile se débat très fort.

Le docteur Brun mouille la peau d'Étoile avec un peu d'éther, enfonce la pointe d'acier dans l'épaule, et vide la seringue.

«Voilà, c'est fini.»

Lorsque je relâche Étoile, celui-ci me mord la main. La marque de ses petits crocs pointus se voit très nettement. Probablement m'en veut-il de l'avoir immobilisé pendant qu'on lui faisait mal...

Il se réfugie dans les bras d'Anne en tremblant.

«Bien, mes enfants», dit le docteur Brun. «Il faudra éviter qu'il prenne froid jusqu'à demain soir. Ne vous inquiétez pas s'il est un peu fiévreux, c'est une réaction normale. N'oubliez pas de me le ramener dans un mois pour la seconde injection.»

Le soir venu, Étoile est souffrant. Il geint doucement et refuse de jouer. Adeline ne tient pas en place, mais maman la rassure en lui répétant ce qu'a dit le docteur Brun.

Adeline fait, bien entendu, la moue.

Elle non plus n'aime guère les piqûres!...

Chapitre 7

La fin de l'hiver passa vite. Étoile avait beaucoup grandi ces derniers mois, et devenait turbulent. Aux derniers jours de mars, la neige était déjà bien fondue à basse altitude, et je me préparais à reprendre le travail en forêt.

Je suis allé rechercher la Jeep chez le mécanicien d'Aubreuil. Le véhicule y était depuis huit jours pour une bonne révision. Puis, je me suis rendu à Londe-la-Vallée récupérer mes deux tronçonneuses également en réparation. J'en profitai pour déjeuner chez ma sœur Annie. Trente kilomètres nous séparent, et nous ne nous voyons quasiment jamais. Je la quittai en regrettant de ne pas avoir vu mes deux nièces, qui restent à midi à la cantine de leur école.

Au magasin, lorsque le vendeur mit une des tronçonneuses en route, nous vîmes une boule argentée nous filer entre les jambes et disparaître dans l'atelier. Le vendeur et moi prîmes nos jambes à notre cou à la poursuite d'Étoile, mais le chenapan, après

avoir franchi les portes de la rue, filait au long des trottoirs…

Un gendarme se joignit à nous. Je m'affolai un peu à la vue des voitures frôlant le renardeau, mais aucune ne le faucha.

Enfin, Étoile décida de faire une halte devant la boutique d'un fleuriste. Le gendarme fondit sur lui et l'attrapa, mais trébuchant et perdant l'équilibre, il s'effondra sur le trottoir au milieu des fleurs et des pots.

Me retenant à grand-peine de rire, je l'aidai à se relever. Il était coiffé d'une magnifique gerbe de fougères dorées ! Son képi avait atterri dans un aquarium, d'où des poissons rouges contemplaient Étoile avec intérêt.

Honteux et confus, je m'excusai auprès du gendarme et du fleuriste, réglai les dégâts, et repartis chez le mécanicien... Étoile solidement maintenu sous mon bras !

Chapitre 8

Étoile n'en avait pas fini pour la semaine...

Le lendemain, je l'enfermai dans le garage car, devant me rendre à la scierie d'Aubreuil, je redoutais de le voir tourner autour des grosses scies qui fonctionnent sans interruption.

A mon retour à Marcelant, une surprise m'attendait. Mme Lebet, notre plus proche voisine, guettait mon retour.

«Pierre! Pierre! Est-ce que je peux te dire un mot, mon garçon?»

«Eh bien, Lucienne, que se passe-t-il donc?»

«Tantôt, Pierre, tandis que je repassais, j'ai entendu les poules caqueter très fort. Ce n'est pas trop dans leurs habitudes et, ma foi, je me suis dérangée. Je suis bien embêtée de te le dire, mon petit Pierre, mais Étoile leur avait rendu visite et en avait égorgé deux...»

«Qu'est-ce que vous me racontez là, Lucienne? Il a sans doute pu se faufiler sous le grillage...»

Je prends un bâton et ouvre la porte du poulailler. Étoile s'y trouve probablement encore, car un renard en bonne place ne renonce pas si facilement à celle-ci. Effectivement, il y est. Pris de peur, il va se réfugier dans la grange.

Malgré la crainte d'une morsure, je parviens à le saisir et à le ramener à son garage. Mme Lebet m'a suivi.

«Il ne me reste plus qu'à vous payer vos deux poules, ma bonne Lucienne...»

«Ah non! petit, je ne veux pas, entends-tu? Ce n'est pas grave.»

«Tout de même, Lucienne, il me semble...»

«J'ai dit: non. Tu me fâcherais, Pierre...»

Je fais entrer Étoile dans la maison. Il se précipite derrière la chaudière. Parbleu! il sait bien qu'il a fait une bêtise!

Je réussis cependant à lui donner, par surprise, une tape cinglante sur les fesses, et je l'entends gémir: plus de peine que de mal.

«Ce soir, fiston», dis-je, «tu seras puni comme tu le mérites et, au lieu de la chambre d'Adeline, il faudra te contenter du garage. As-tu compris, tueur de poules?»

Deux grands yeux sombres et brillants comme des olives me fixent, qui semblent dire: «Tu n'as pas de cœur!»

Chapitre 9

L'après-midi du même jour, je me rendis à pied, accompagné d'Étoile, chez Étienne Bigeot. Celui-ci se tenait devant sa porte dans son fauteuil d'infirme.

Je mis dans la gueule d'Étoile le petit morceau de bois que j'avais apporté et il sauta aussitôt sur les genoux d'Étienne pour lui présenter son trésor. C'est un petit jeu qu'Étienne et moi avons mis au point pour Étoile.

Je le quittai assez tôt, car il me fallait me préparer à retourner le lendemain en forêt. C'était très important pour moi. Je passai le reste de la journée à vérifier les tronçonneuses, à affûter des chaînes, et à charger tout mon matériel dans la Jeep. Adeline et Anne remarquèrent ma bonne humeur lorsqu'elles rentrèrent. Pensez donc, je sifflais ! Ce qui ne m'arrivait pas souvent.

Le lendemain matin, je partis de bonne heure. Étoile m'accompagna librement, mais j'avais cependant prévu une corde et un collier.

Je me rendis au lieu-dit du «Chênelong», proche de la demeure du garde forestier.

Celui-ci vint à ma rencontre, et s'étonna.

«Dis donc, Pierre, ce renard te suit partout, maintenant!»

«Eh oui, Julien, il est si gentil!»

«C'est tout de même étrange», dit Julien, et il s'interrompit.

«Qu'est-ce qui est étrange, Julien?»

«Je ne sais pas trop», dit Julien. «L'avoir trouvé en novembre. Ce n'est pas précisément l'époque des renardeaux...»

«Oui, je le sais. Je me suis souvent posé la question, mais cela pour moi reste un mystère.»

«Alors», dit Julien, «c'est peut-être le renard du Bon Dieu?...»

«Pourquoi non, Julien? C'est toi qui as raison. Le renard du Bon Dieu... Pourquoi pas?»

La matinée se passe bien. Mes narines s'emplissent de toutes les senteurs de la forêt : mousses et écorces, fougères et feuilles humides, laurier sauvage. Bientôt, la forêt embaumera de fleurs fraîchement écloses.

Le bruit de la tronçonneuse me rappelle celui que font les guêpes.

Je suis bien.

Étoile ne s'éloigne guère. Son terrain préféré demeure les coussins de la Jeep.

Midi venu, je vais déjeuner avec Julien et sa mère.

Julien reparle devant sa mère d'Étoile et de ses origines.

La mère de Julien siffle doucement le petit animal. Étoile s'immobilise et l'observe avec curiosité.

La maman de Julien rit avec son fils, et son beau visage ridé se plisse de plaisir.

Chapitre 10

Les semaines passent. Étoile a presque la taille adulte, à présent, et il s'est bien habitué à venir avec moi, sauf le mercredi où il préfère rester avec Adeline.

Son comportement change. Le fait d'être tous les jours en forêt développe ses instincts sauvages et, de jour en jour, il s'éloigne un peu plus.

Cela ne m'inquiète pas trop...

*
* *

Adeline a une grosse grippe, et elle doit garder le lit durant huit jours. Dans de tels cas, son passe-temps préféré c'est le dessin. Elle dessine Étoile d'après des photos que nous avons faites. Le soir venu, elle les montre à son ami à quatre pattes qui ne semble pas se reconnaître.

Ou, sans doute, trouve-t-il ces dessins peu flatteurs, car il s'empresse de les arracher des mains d'Adeline, et de les déchiqueter. Parfois, il fait mieux encore. Et pour prouver à Adeline que lui aussi possède un tempérament d'artiste, il monte sur la palette de couleurs, et saute ensuite sur le beau dessus-de-lit blanc, malgré les cris de protestation de la fille !

Il se débat sauvagement quand nous lui trempons les pattes dans la bassine d'eau chaude pour le nettoyer !

Étoile en fait tant et tant que ce qui devait arriver... arrive.

Plouf !

Chapitre 11

Ce mardi-là commença comme tous les autres jours.

Je me rendis à la coupe de la Vieille Pierre. Cet endroit de la montagne est ainsi nommé car il s'y trouve une énorme pierre, qui comporte en son milieu un creux large et long, parfaitement lisse.

C'est, paraît-il, un polissoir qu'utilisaient les hommes des temps préhistoriques, à l'âge de la pierre polie.

A cette période de l'année, je n'allume pas le feu le matin. Je garde la flambée pour le soir, ce qui me permet de travailler plus tard.

Dans la matinée, je reçois la visite de Grégoire le débardeur et de Julien, qui viennent chercher une dizaine de troncs prêts. Étoile s'installe dans la cabine près de Grégoire, et surveille attentivement les opérations! Il semble satisfait du travail effectué.

Le sommeil me prend après le déjeuner de midi, mais je décide de résister à la tentation et de m'avancer dans mon travail en achevant l'abattage de cette petite coupe.

A trois heures, j'attaque un gros sapin. La tronçonneuse mord le bois. Les copeaux volent autour de la chaîne. Je respire une odeur enivrante de sève et de bois, tandis que les branches du sapin semblent vouloir caresser le ciel.

Le tronc du sapin est droit, il tombera bien. Étoile est maintenant habitué au bruit du moteur et lorsque je l'appelle à mes côtés afin qu'il ne reste pas dans l'angle de chute de l'arbre, il obéit avec un parfait naturel.

J'achève de faire l'entaille en biais. C'est grâce à cette entaille que l'arbre va basculer. On la pratique du côté de chute désiré, et selon la forme du tronc. J'attaque ensuite le tronc à l'opposé de l'entaille.

Soudain, le tronc casse et pivote en coinçant la chaîne de la tronçonneuse. Je ne réalise pas le danger, et m'acharne à dégager la tronçonneuse, mais c'est trop tard. J'entends un grand bruit effrayant.

Ensuite, c'est pour moi un long boyau noir au long duquel je file à la vitesse de l'éclair. J'ouvre les yeux. J'ai mal, très mal. Je ne peux plus bouger. Est-ce que je suis mort ? Non, bien sûr, mais je sais que ma situation est très grave. Je suis prisonnier sous l'arbre. Je ne sens plus mon côté gauche. Je peux cependant tourner la tête. Ce que je vois me fait crier d'angoisse. Mon pantalon est déchiqueté, ma jambe couverte de sang. En retombant, la tronçonneuse m'a entaillé le mollet. Je perds beaucoup de sang. Je suis certain que mon bras gauche est brisé, et je respire bientôt avec une grande difficulté.

Après bien des efforts, je réussis à sortir de ma poche droite un mouchoir, et j'essuie le sang qui perle sur mon visage.

Étoile va et vient à côté de moi, très nerveux. Ses yeux scintillent d'une lueur étrange. Il s'approche et m'arrache le mouchoir ensanglanté de la main avant de s'enfuir.

Je veux appeler et n'en ai pas la force. Le moteur de la tronçonneuse fonctionne toujours à un mètre de moi, et me résonne dans la tête.

Je songe à Étoile, et à ses instincts d'animal sauvage retrouvés. Le petit renard argenté, auquel je m'étais attaché, m'aura quitté de façon dramatique.

Je suis seul et j'ai très peur.

Chapitre 12

Contrairement à ce que je pensais, Étoile n'avait pas fui. Il galopait vers le village.

Il parvint à bout de souffle chez Étienne Bigeot qui était devant sa porte, et lui sauta sur les genoux comme il avait l'habitude de le faire avec le bâton.

Étienne ne comprit pas ce que faisait le renard tout seul. Mais il vit le mouchoir et le prit. Étoile repartit en courant.

Étienne Bigeot sentit son cœur se serrer.

«Jeanine! Jeanine!»

«Eh bien, qu'as-tu à crier?»

«Pousse-moi vite jusque chez Roger», demanda le brave homme, «il a dû arriver malheur au gamin! Le renard est revenu seul de la forêt avec un mouchoir ensanglanté...»

Les portes de la menuiserie étaient ouvertes. Roger ne s'y trouvait pas.

«Il doit être chez Agathe, vite, sapristi!»

Agathe était une bonne grand-mère qui tenait une modeste épicerie.

«Roger!...»

«Voilà! Étienne, voilà!»

«Va vite en forêt, il a dû arriver quelque chose à Pierre!»

Étienne expliqua brièvement la venue d'Étoile.

Roger et Charles, un jeune maçon qui était là, partirent en courant. Ils récupérèrent au passage Georges, un cultivateur qui survenait sur son tracteur. Tous trois sautèrent dans le camion Dodge de Roger.

«Il doit abattre à la Vieille Pierre, à ce que dit Étienne», fit Roger.

Ils aperçurent Étoile au loin.

«Il se dirige bien vers la Vieille Pierre», remarqua Charles.

Le Dodge dépassa Étoile. Les trois hommes arrivèrent sur les lieux, et virent ma Jeep.

Pendant tout ce temps, je m'étais efforcé de regarder le va-et-vient des fourmis à côté de moi. La tronçonneuse s'était enfin arrêtée. J'entendis appeler. Je ne pouvais répondre.

«Par là!» hurla Charles qui arrivait en courant.

«Misère de misère!» grogna Roger. Il s'approcha de moi.

«Très bien, mon garçon, ne t'inquiète pas. On va te sortir de là...»

Il fit signe à Charles et à Georges de le suivre. Ils

se dirigèrent vers la base du tronc. Écartant bien les jambes pour plus de stabilité, ils l'empoignèrent et, en un gros effort, réussirent à le soulever légèrement et à le placer de côté.

J'étais dégagé mais ne pouvais toujours pas bouger.

Georges prit le Dodge et alla prévenir les pompiers. Charles revint près de moi et me posa la main sur le front. Je lui répondis en clignant des yeux.

Étoile revint. Il se coucha contre moi et me lécha la main.

«Brave renard», lui murmura Roger en le caressant. «Si tu n'étais pas un goupil si intelligent, que serait devenu ton maître? Ah! Brave animal!»

Dans le village, la nouvelle se répandit comme une traînée de poudre. Georges recommença pour tous ses explications.

Étienne répétait: «Ça n'a pas suffi de moi!»

Georges alla attendre l'ambulance à la sortie du village.

«Les voilà! Les voilà!»

Les pompiers arrivaient à la coupe, guidés par le Dodge. Je fus installé sur le brancard. Charles n'eut que le temps de saisir Étoile. Poil hérissé, grognant et montrant les crocs, celui-ci s'apprêtait à mordre l'un des brancardiers.

Roger monta avec moi dans l'ambulance.

«Ne te tourmente pas», me dit-il, «je vais m'occuper d'Anne.»

* * *

Anne ne s'était pas trop inquiétée de voir passer l'ambulance. Mais lorsqu'elle vit Roger entrer dans la cour sans prendre le temps de saluer les employés de la scierie (ce qui n'était pas son habitude), elle devina.

«Que se passe-t-il?» lui demanda-t-elle lorsqu'il pénétra dans le bureau, bouleversé et pâle. «Pierre?...»

«Prends courage, ma petite Anne. Il est arrivé un petit accident à ton Pierre, les pompiers l'emmènent à l'hôpital.»

Anne, paniquée, suivit aussitôt Roger. Ils prirent la route de Londe-la-Vallée, et furent rejoints par mes parents à la sortie d'Aubreuil. Le docteur Moreau les reçut à l'hôpital et leur confirma que mes blessures n'étaient pas trop graves.

Ma famille, rassurée, se décida à repartir pour Marcelant.

Et Étoile ? Personne ne s'était soucié de lui. Ce ne fut que le lendemain qu'Anne y pensa. Mon père promit de s'en occuper.

Chose dite, chose faite.

Il descendit à Marcelant, et se rendit chez Agathe. Après avoir rassuré chacun sur mon état, il se renseigna sur Étoile. Georges lui dit qu'il l'avait vu pour la première fois à la Vieille Pierre, la veille.

«Je crois avoir entendu Charles dire qu'il retournerait voir le renard...»

Mon père descendit donc chez Charles. A peine arrivé, des gémissements lui parvinrent. Étoile était là!

La femme de Charles le reçut et lui expliqua que son mari était remonté et avait trouvé Étoile couché à mi-chemin entre la Vieille Pierre et Marcelant.

«Il a dû suivre l'ambulance, tu comprends, et cela l'a épuisé. Mais... nous l'avons nourri comme un roi! Après tout, c'est grâce à lui si Pierre s'en tire à si bon compte! Il n'a pas cessé de gémir depuis hier, le pauvret. Il est perdu, ici.»

Mon père reprit Étoile, bien heureux de le voir. Puis, il téléphona à Anne, à l'hôpital, pour lui annoncer la bonne nouvelle.

Je venais de m'éveiller, et Anne était accompagnée de ma sœur. Tout n'était encore que brume dans ma tête lorsqu'elle me dit que l'on avait retrouvé Étoile. Je ne me souvenais de rien, et dus lui faire répéter.

«Te rends-tu compte que ce petit animal t'a sauvé, Pierre?» dit ma sœur.

«Oui, c'est un brave renard», lui répondis-je. «Le renard du Bon Dieu.»

Et je replongeai dans le sommeil.

Chapitre 13

Le grand jour est arrivé. Je quitte l'hôpital. J'ai le bras plâtré et des fils au mollet, mais je me sens solide. Dehors, je respire une grande bouffée d'air qui m'enivre, et je monte dans l'ambulance, m'aidant de mes béquilles.

Toute ma famille est à la maison. Adeline elle-même n'est pas à l'école.

Sitôt descendu, Étoile s'élance vers moi et me bouscule. Je suis obligé de le repousser un peu, de peur qu'il ne me fasse mal.

Anne le prend dans ses bras et l'approche de moi. Il gémit, me lèche le visage. Anne a grand-peine à le maintenir.

Après le départ de ma famille, beaucoup de gens du village vinrent me présenter leurs vœux de prompt rétablissement. Je restai tout l'après-midi dans un fauteuil, Étoile sur les genoux. Il surveillait d'un œil presque jaloux tous ceux qui m'approchaient.

Il semblait dire: «C'est mon maître. Il y a longtemps que je ne l'ai pas vu. Alors, laissez-nous en paix.»

Dès le lendemain, je parvins à convaincre Anne, qui avait pris quelques jours de congé, de m'emmener en forêt. Après maintes protestations, elle nous y conduisit, Étoile et moi. La coupe n'était guère éloignée, nous fûmes vite arrivés. Étoile me suivait pas à pas.

Je m'enivrais de liberté comme un ancien prisonnier...

*
* *

Nous sommes aujourd'hui le quinze septembre. Je suis autorisé à reprendre le travail.

Je fus le premier sur le chantier, ce fameux matin, et dus attendre mon frère Jean venu en renfort. J'eus quelques difficultés, la première journée. Mon bras gauche peinait. Deux semaines après, il n'y paraissait plus, et le travail se faisait vite, à deux.

Chapitre 14

Depuis une semaine, Étoile s'éloigne davantage. Il lui arrive de ne pas revenir à midi pour partager mon repas. Son comportement change. Le renard devient distant. J'ai du mal à le reconnaître.

Nous avons fêté son premier anniversaire, il y a huit jours, le quatorze novembre.

*
* *

Aujourd'hui, vingt et un novembre, comme tous les matins, Étoile vient avec moi en forêt.

Ce midi, il n'est pas reparu. Je suis inquiet. A cinq heures, je plie mon matériel. Étoile n'est pas là.

J'attends une heure en l'appelant régulièrement. En vain. Je me décide à partir seul.

L'émotion est grande, à la maison. Adeline, je le vois bien, se retient pour ne pas éclater en sanglots.

Le dîner est d'une grande tristesse. J'ai peine à m'endormir...

Le lendemain, je recommandai à Jean de bien regarder en forêt en se rendant sur la coupe. Je ne travaillai pas de suite, et allai rendre visite à d'autres bûcherons pour les prévenir. Je prévins aussi Julien, le garde forestier.

De son côté, Anne pria le débardeur de la scierie d'observer attentivement autour de lui lors de ses courses en montagne.

Le soir, hélas, personne n'avait vu Étoile.

Seul, un débardeur apporta une mauvaise nouvelle. Un renard argenté avait, paraît-il, fait des ravages. dans une basse-cour de Santeuil. Le fermier l'avait tué d'un coup de fusil. Santeuil est distant de cinq kilomètres de Marcelant.

Je veux aller voir, mais ne puis m'y résoudre.

Si c'était bien notre Étoile?

Non, si c'est lui, je ne veux pas, je ne peux pas le voir.

Dans le doute, je préférai dire à Adeline qu'Étoile s'était probablement égaré en forêt, et qu'on ne le reverrait plus.

Adeline pleura longtemps son renard, et petit à petit l'oublia...

*
* *

L'année suivante, je repris l'abattage en mars. Un matin, je crus avoir une vision. Un renard argenté m'observait. Il se trouvait à vingt mètres de moi.

Un nom sortit de ma bouche... Étoile!

Le renard s'approcha de moi. Oui, c'est lui, c'est Étoile!

Je me mets à genoux. Étoile me lèche le visage. Je suis fou de joie. Je comprends vite que ce n'est pas pour longtemps. Il se retourne et je vois alors une timide femelle. Étoile me lèche une fois encore, et repart en direction de son amie...

Il ne nous a pas oubliés, mais préfère mener sa vraie vie, sa vie de renard. Je revois Étoile régulièrement. Il vint même une fois avec sa femelle et quatre beaux petits renardeaux. Il me présentait sa famille, en quelque sorte.

Je n'ai jamais dit à Anne et à Adeline que je revois Étoile. C'est mon secret. Elles n'y pensent plus et, surtout, ne comprendraient pas que je ne le ramène pas à la civilisation.

Mais Étoile et moi, nous nous comprenons bien.

Étoile, le renard du Bon Dieu! Julien avait raison. Étoile nous aime, bien sûr, mais sa vie, c'est sa liberté. Et sa liberté, je lui dois bien cela, non?